KB265403

돌아올 길 없는 여행

이 도서의 국립중앙도서관 출판시도서목록(CIP)은 e-CIP 홈페이지
(http://www.nl.go.kr/ecip)에서 이용하실 수 있습니다.
(CIP 제어번호 : CIP2013009721)

돌아올 길 없는 여행

글쓴이 / 김성기
펴낸이 / 孫貞順
펴낸곳 / 모아드림

1판 1쇄 / 2013년 7월 3일

서울 서대문구 북아현3동 1-1278
전화 / 365-8111~2
팩시밀리 / 365-8110
E-mail / morebook@morebook.co.kr
http://www.morebook.co.kr
등록번호 / 제2-2264호(1996.10.24)

ⓒ김성기
ISBN 978-89-5664-162-1

* 잘못된 책은 구입하신 서점에서 바꾸어 드립니다.
* 지은이와의 협의하에 인지를 붙이지 않습니다.

값 8,000원

모아드림 기획시선 143

돌아올 길 없는 여행

김성기 시집

모아드림

■ 시인의 말

바위에 부딪친 바람의 아픔 같은 상처만 남겨놓고
사그라져간 그리움 하나
경포대 앞바다의 십리바위에 얻어맞아 가시밭처럼
얽히고 설킨 파돗살이 엮어내는
먼먼 사랑과 연민의 파노라마
싱그러우면서도 짭짜래한 바닷바람이 실어다 주는
외갈매기의 울음소리
이 모든 것들이 맘속을 저미고 있는 건
오래된 그리움을 다시 일깨워주려 함인지

경포대 바닷가 寓居에서
김성기

차례

4부 잃어버린 날들의 일기

1부
잊고 사는 것이 삶인 것을

집

내 마음 귀퉁이에 집 하나 짓고 있다
아궁이와 부뚜막이 딸린 집
울타리와 지게문이 있고
추억에 엮이어 한여름밤 지새울 때
아프게 바라봐 줄 달맞이꽃 두어 송이와
까치밥 남겨둘 감나무 한 그루 있는 집
밥 끓는 냄새, 도마질 소리 흘러나오고
느직하게 어슬어슬 땅거미 끌고 돌아오면
자운영꽃인 듯 발그레 웃어줄 그대가 있고
그대가 집이고 집이 그대인 그 집에 갇혀
내 저물 때까지 살고 싶은 집
참 오래도록 그런 집을 짓고 있다
그리움 속에 머무는 그대를 기다리며

기도

반포동 가톨릭대학교 성모병원 근처
서릿바람 들랑대는 사평로 구름다리에
엎드려 손바닥은 하늘을 향한 채
하루 종일 기도하는 사람

그 기도 소리가 들리는 사람은
내가 가지고 있는 것이
내 것이 아님을 아는 사람

아무 것도 가져가지 못 한다는 걸
베푼 것만이 내 것으로 남는다는 걸
아는 사람

그 기도 소리에 귀 뜨인 몇몇 사람들이
오고가며 마음을 나눠주고 있다
그가 살고픈 작은 세상
손가락마저 오므라든 언 손바닥에

낚시질

한강 서래섬에서 물고기가 펄쩍 뛰어 올랐다
그자리 동그라미 그리며 파문이 퍼져 간다
낚싯대 다섯 개 나란히 꽂아 놓고
찌만 응시하던 낚시꾼
동그래진 건 낚시꾼의 눈동자도 마찬가지
요즘 물고기는 공짜 미끼라도 물지 않는다
물 속 세상도 입소문이 빨라 눈치껏 대가리를 치올려
낚시꾼이 노리는 물 밖을 보고 다 안다
그냥 간다
물 밖 세상에서는
'당첨되었습니다. 공짜로 드립니다' 라는
낚시질에 걸려드는 사람들 아직도 더러 있는데

꿈

이상도 소망까지도 모두 담아
깊숙이 품고만 있으면 꿈이 이루어지는 줄 알았다
좁쌀 몇 톨 얻어먹고 죽도록 새점만 쳐주는
춘천 민속시장 새장에 갇힌 새처럼
꿈을 품안에 가둬 놓고 한평생 허둥대다 보니
꿈도 늙어서 쓸모 없는 도로徒勞에 그치고 말았다
그제야 알았다
박차고 나와 각박한 세상살이에서
일찌감치 온갖 풍파에 휘둘리기도 하고
밤새껏 꺽꺽거려본 간곡한 사연이 있는 꿈이라야
이루어진 꿈이 된다는 것을

궁궐이나 사찰의 재목으로 쓰이는 소나무도
재질이 으뜸인 적송赤松이 되려면
꽤 오래도록 역경을 겪은 것이라야 하듯이

대합실

조석으로 한 번씩 인사치레로
기적이 들어오는 산우리역 대합실
저물었지만 그리 어둡지도 않은데
천장에는 벌써 별이 가득하다
하나같이 짐이 짐을 끼고 앉아 졸고 있다
마치 길 잃은 나그네 보호소 풍경처럼

말끔하게 포장된 짐도 있지만
농약 포대에 담겨 대충 얽어맨 것도 있다
도시풍으로 보이건 시골풍이건
묶여 있는 짐들의 눈망울은 말똥말똥하다

어느틈에 기차가 밀려들어
어떨결에 차표 든 졸던 짐이 혼자 내뺄까봐
유실물 딱지 붙어
썩도록 창고살이 할는지도 몰라서

잊고 사는 것이 삶인 것을

강물 위에선
왜 모든 것이 흔들리고 있는 것일까
잠들어 있어야 할 한밤에도
달, 별, 하늘의 구름까지도 흔들린다
이뤄지지 않은 꿈
잊혀지지 않는 추억과 회한이 뒤엉켜
저문 강가에 닿은 내 맘도 흔들린다
산으로 혹은 들로 간 영혼들도
끝내 강으로 흘러
놓고 있던 내 넋을 흔들고 있다
사람 살이는 다 같아
살아서도 갈림길의 연속이기에
선택에 흔들리며 살고
내생來生에서도 누구누구든
별 되고 달 되고 구름 되어
또 흔들린다는 것을
강을 뒤로 하고 나면 곧 잊은 채

살아가는 것이 삶이다
그렇게 흔들리는 슬픔 잊고
천년을 살 것같이 사는 것이 삶인 것을

물새 한 마리

노을빛 붉게 가라앉은 북한강 두물머리에
낯선 물새 한 마리
묻어둔 것이 무엇이길래
해종일 물 속을 꾹꾹 찍어대다
홀로 선 다리에는 그리움이 뭉친 듯
발길 무거워 주저앉은 채
까마득한 눈망울로 소리내 흐느끼고
강 언덕 복사나무 꽃자리에는
내 옛사랑 모습이 불꽃처럼 일었다가
여태껏 달래지 못한 맘속 상처에 들어앉아
나도 우짖는 물새만큼이나 아프다

짝사랑

산골 저문 마을 초가집 처맛기슭에서
동동대는 호롱불처럼
가랑가랑한 것이 짝사랑인 것을
꺼질 듯 말 듯 꽤 두려운 떨림이 짝사랑인 것을
그런 사랑 하나쯤은
품은 채 살아가야 하는 것을
괜스레 맘 술렁이게 해
가슴 미어져 훌쩍거리다
그만 들키고 만다
숨겨둬야 할 짝사랑이라는 것을.

목련화를 읽다가

목련 나무가 산고産苦를 겪는 소리인지
아문 흉터 자국 되뚫고 밀어낸 망울에
봄바람이 따순 입김 불어넣는 소리인지
몇 날을 버스럭거리다
먼동 트면 깃 치며 날아오를 기세로
목을 길게 뺀 하얀 새처럼
드넓은 둥지, 허공에 펼쳐 보이려는
목련의 솟는 춘정春情을
나보다 먼저 읽어낸 먹장구름이
꽃샘하느라 송골송골 빚어 던진
낯선 빗방울을 화들짝 털어내다 헤쳐진
우유빛 앙가슴
그 골을 타고 흘러나오는 향기에
내 냉가슴까지 싱그럽다
하얀 목련만큼이나

쓰르라미

느티나무에서 쓰르라미가 글을 쓰고 있다
나뭇가지와 잎이 어울린 그늘 좋은 정자에서
잔뜩 주름잡은 뱃심으로
컴퓨터 글쇠판도 아닌 예부터 물려받은
구형 타이프라이터에
꾹꾹 눌러가며 쓰르람 쓰르람 쓰고 있다
열정을 쏟아온 이레 동안의 짤따란 삶을
불멸의 자서自敍로 남기려 마음먹었는지
문장이 가끔씩은 길게 늘어지면서
한참을 멈추었다 이어 쓰는 필세筆勢로 보아
머잖아 가쁜 숨을 놓고도
눈을 감지 못한 채 섧게 갈 쓰르라미가
내 모습인 듯 서서히 다가와
유택이 될 나무 아래서 가물 거리고 있다

코스모스

가을볕 한껏 껴안은 미사리 강변 둔치
하얀, 분홍, 자줏빛의 코스모스들
미녀 선발대회라도 하듯 줄지어 서 있다
여리게 보여 오가는 사람들은
코스모스가 하늘거린다지만
코스모스가 하늘대는 것이 아니다
좀 화사한데다 가냘픈 몸꼴까지 곱다보니
스쳐가며 얼굴 비벼 본 것도 모자라
주위를 맴돌며 한들거리는 바람
그 바람의 유혹이 싫어 몸부림을 치는 것이다
코스모스뿐만이 아니다
여인네도 어지간히 곱살스러워야 한다
어느 틈에 슬그니 한들대는 풍객風客이 다가와
자칫 그 바람에 설레다가는
얼결에 쌓인 정, 떨쳐 버리기 힘들어
눈물 빼며 몸서리치게 되니까

심한 몸부림의 저 자줏빛 코스모스는
혹여 바람에 푹 빠져본 적 있는 건 아닌지

까악까악

한강 서래섬 산책길 주변
버드나무 틈서리가 요란스럽다
'까악' '까악까악' '깟깟'
이른 아침에 무슨 기쁜 소식 오려나
서둘러 돌아와
며칠 살피지 못한 우편함을 뒤졌다
보증을 서 준 것이 잘못돼
빚을 대신 갚으라는 독촉장
동네 까치들은
요즘 내 살림살이 형편 다 알 텐데
오늘 같은 날에는 눈칫껏
'까옥' '까옥까옥' '깍깍' 하며
까마귀 흉내라도 대신해 주던지

다정다감도 넘치면 아프다

하늘은 함초롬히 쪽빛을 쏟뜨리고
해는 속정을 태우려 타오를 뿐인데
사람들은 복받치며 눈부시다하고

별들은 자잘한 얼굴 뽐내며 수군대고
달은 얼굴 커 붉으스레 수줍어할 뿐인데
사람들은 아름답다 동공瞳孔 속에 새긴다

다정다감한 누구누구에도
눈부시고 아름다운 건 하늘과 해
달과 별들이라지만

어쩌다 우수憂愁 속으로 잠겨드는 밤
구름 간간이 흐르는 하늘과
어슴푸레하게 보이는 달은
눈시울 적시는 묵은 정 떠올려줘
깊어지는 다정다감도 병인 듯 아프다

박꽃보다도

짙어가는 가을 길목을 꽉 채우는 풀벌레 울음소리
하루가 다르게 다가오고
철 없는 매미는 여직껏 귓속에 남아
밤낮 없이 울어댄다
해마다 이맘때면 달도 휘영청 밝아
갈대밭 속 몰래 사랑도 숨길 수가 없다
어쩌다 다 큰 보름달에
농익던 사랑놀음이 들키기라도 하는 날이면
놀란 얼굴들은 지난 여름밤
맞은편 과수댁 뒷담장 타고 살살 기어오르던
박꽃보다도 더 하얘진다

환승역

마음의 여유가 메마르면 환승역으로 간다
환승역을 오가는 사람들은 활기가 넘친다
환승역에서는 앞사람의 뒷모습을 밟을 틈이 없다
환승은 또 하나의 새로움이랄까
인생살이 끝나고 가는 길에도 환승은 있을 것이다
만복소萬福所행과 나락奈落행 갈림길에서

그 날을 위해 환승 연습이라도 하는 것같이
신도림역에서는 오늘도 아우성이다
내 다 늙어 이승을 떠날 때도 내가 거쳐온
인생 노정路程의 환승역으로 갈 것이다
거기서 지금껏 살아오며
꿈 길에서 그리던 천사만려千思萬慮 없는 세상으로
달빛 타고 흐르는 구름 닮은 덤덤한 표정으로
일 마치고 집으로 가듯 갈아타고 가야할 텐데

동거同居

봄 햇살이 망설거리고 있는 사이
얼음새 자리옷 은근슬쩍 벗겨놓고
매끄러운 앙가슴 타고 내려
가뭇한 샅 밑을 덥혀주는 늦겨울 햇살
그 열정에 한껏 달아오른 얼음새*

몇 날을 지새우더니
살얼음 뚫고
남세스러운 듯 슬그니 내민 얼굴
샛노랗다
막 신혼여행 다녀온 새색시처럼

*얼음새 - 샛노란 꽃 피는 복수초福壽草의 다른 이름

대폿집

동짓달 장위동 시장 모퉁이 대폿집
색 바랜 방한모 벗어들자
김이 모락모락 오르는 무리들
옹기종기 모여 대폿잔을 돌리고 있다
일당 받아 목줄기 축이면서도
서로가 이야깃주머니인 듯
'내가 이래뵈도 옛적에는…' 하며
세상사를 푸짐하게 풀어 놓는다
말없이 듣던 까무잡잡한 옆 사람
뒤질세라 고성으로 날리는 대포 소리에
석쇠 위 놀란 고깃점들도 속 다 탄다며
뒤집어 달라고 지글지글 아우성이다

눈물소리

가을엔 삼라만상의 소리가 다 눈물이 된다
늦가을 어스름을 틈타 맨 가지 사이를
파고드는 안개비 소리는 그리움의 눈물이다
단풍잎 타들어가듯이 애간장 녹도록
태워보지 않은 그리움 어디 있겠는지
솔바람 삼킨 산 속 암자 처마 끝 풍경風磬이
목젖 붓도록 우는 소리는 고독의 눈물이다
고독처럼 뜨거운 가슴속에서
외로움에 떠는 것이 어디 또 있겠는지
추수 마친 들녘 홀허사비가 참새 그리워 하듯
내색치 못한 사람 보고파
잠자리 뒤척이는 소리는 후회의 눈물이다
가을철 사랑이 빚어내는 눈물 소리들은
정월에 귀밝이술 먹은 사람도 들을 수 없다
가을이 한창일 때는
뙤약볕에 단풍드는 소리 같고

가을이 꽤 저물었을 때는
냇버들 잎이 물 위로 지는 소리 같기 때문에

반성

회초리로 맞아
아픈 것만 생각하고 우는 사람은
다시 잘못을 저지를 수 있지만
정이 담긴 따끔한 충고에
가슴속으로 우는 사람은
다시는 잘못을 저지르지 않을 수 있다
회초리의 아픔보다
영혼이 아픈 것은
영영 잊혀지지 않는 것이기에

벚꽃놀이

해마다 진해 군항제가 한창일 때
벚꽃 구경 간다고 떠나지만
떼밀려 다니며 사람구경만 하고
일행을 잃을까, 한나절 동안 도우미가 치켜든
노란색 깃발만 보고 따르다
그만 눈마저 노랗게 물들어
해질녘엔
노란 벚꽃들만 눈에 담아 돌아온다

2부
돌아올 길 없는 여행

안부

사람과 사람 사이에도
징검돌을 놓고 살아가야 한다
세상 살면서 한 사람이라도
내게 안부를 물어 온다거나
내가 안부를 전해줄 수 있는
그 누군가 있다는 건
얼마나 다행한 일인지
안부는 서로의 마음을 오가는
징검돌을 놓는 것이기에

추억 속으로 오는 봄

어느새 산허리까지 치고 내려온 봄
그 봄바람에 쫓겨 물오른 가지가 쏟아내는
속잎 파르르 떨리는 소리
눈에 봄을 가득 담은 꼬마새들이
설레어 지저귀는 소리
겨우내 메말랐던 목 축여가며
수런거리는 개울물 소리가 어우러져
아름다운 선율의 교향곡으로 들려온다
새봄이 만들어 내는 자연의 하모니
그 화음 가득한 산골짝 개울가에 홀로 나앉아
아렴풋한 추억 되새겨 가는 가물거리는 길
그 길 따라 뒤를 쫓는 건
그리움 속 맴돌던 그립다만 몇 조각 그리움뿐
철따라 오가는 봄
이리오라 저리가라 할 순 없지만
어이해서
내게 봄은 추억 속으로만 오는 건지

그리움의 무게를 달아본 적 있는지

누구든 그리움의 무게를 달아본 적 있는지
그리움은 자신도 모르게
가슴속 틈새만 보이면 찾아들어 쌓여간다
아무리 쌓여도 그리움은 무거워지지 않는다
감당하기가 만만하다보니
너나없이 평생토록 그리움을 안고 산다
무덤까지 따라가는 그리움도 더러 있다
사랑하던 사람끼리 간직한 그리움이다
그 사랑 속 그리움에는 고통이 딸려 있다
고통은 버티기 어려울 정도로 힘에 겹지만
누구든 버리기엔 너무나 소중해
한껏 품고 견디면서 웃자란 고통의 무게가
그리움에 더해지는 것을 잊고 산다
그래 그리움은 그토록 쌓여도 무게가 없다

나무와 새

한겨울 지나면 어린 새들의 놀소리에
나무들은 싹이 트기 시작한다
새는 나무를 깨워주고 나무는 잎을 키운다
잎이 자란 후 그늘은 새의 쉼터가 된다
새들이 앉았던 훈기薰氣에 싹이 돋듯
서로 의지해 살아야하는 이유가 여기 있다
세상 만물이 다 그렇게 살고 지는 것같이
사람의 그늘은 사람이 더불어 만들면 된다

무료 급식소 행렬처럼
사람의 그늘엔 사람들이 모여들기에
사람이 자칫 더불어를 잊고 지나치면
은혜로이 사는 것이 멀어져 사랑이 결여된
미완성의 삶을 남기고 갈 수밖에는

사람살이의 완성은 사랑

오로지 사랑 나누기가 아닐는지
나무와 새 사이처럼

삶이 그리움인 것을

어설픈 그리움을 남기려거든
사랑일랑은 하지 마라
그리움을 안고 간다는 건
이별을 되새김질 하는 것
그리움이 클수록 상처도 깊다
쌓아 두지 마라
사랑이 아니더라도 어차피
사는 것이 그리움인 것을
그리움은 갈대숲에 숨어드는
소슬바람 같아
맘속에 켜켜이 머물렀다가
회리바람 일면 가 버린다는 것을

잔치국수

명절 때 바리바리 들고온 선물 보따리로
화제를 돌리려는 과년한 처자 둘러싸고
잔치국수 먹어 보자 입맛 다시지 마라
나름대로 때가 되면 이름과는 달리
무화과도 꽃을 피울 줄 안다는 걸
잔칫상에 오르는 국수에는
숙성된 시금한 김치가 더 맛 있다는 걸
다그치는 집안 어르신들이 더 잘 알텐데

하늘을 무서워하라는 말은

손가락으로 네모를 만들어
하늘을 보면 네모만큼만 보인다
하늘이 아무리 드넓어도
누구든 보려는 마음 크기만큼만 보인다
카메라 렌즈가 담을 수 있는 하늘은
네모로만 보여주지만
누구누구든
인성만성하지 않은 맘으로 들여다 보면
하늘은 네모가 아니다
눈을 감고 봐도 하늘은 둥그렇게 보인다
눈 감을 때만치
심상心狀이 안정되기는 드물기 때문에
심상이 어지럽다든지
되잖은 자만심에 물든 사람에게는
아예 하늘이 뵈지 않을 수도 있다
하늘은 진리이고 진리는

심성心性이 올발라야 볼 수 있기에
하늘을 무서워하라는 말은 그 때문일까

마음을 그릴 수만 있다면

죽도록 그대를 사랑한들
말 한마디 못하고
얼굴만 발갛게 달아오르는데
손 한번 잡아보려 해도
채 닿기도 전에
심장이 앞장서 뛰어오르는데
어찌 이 간절한 마음을
한 장의 그림으로 그려낼 수는 없는 건지
쑥스러워 못하는 말 대신
솜씨 한번 뽐내 볼
내 속정 그려 건네주고 싶은데

불륜

동네 어귀에 마주 보고 서 있는
은행나무 암수 두 그루
매일같이 지나 다녀도
그 둘이 나누는 사랑 언어 들어본 적 없는데
지난 여름밤
열대야로 잠 못 이루다 몰래 통정通情을 한 것인지
가을이 저물 무렵
조랑조랑 매달린 노란 털북숭이 새끼들
증거는 있지만 목격자가 없다

낙엽

저무는 가을에는
소슬바람 타고 속살거리며 내려앉는
낙엽 하나하나가 보고픈 얼굴이 된다
바스락바스락 돌담 위에 쌓이고
사글사글 눈동자 속으로도 쌓인다
쌓인 낙엽 속엔 추억도 그리움도 있지만
눈동자 속 얼굴들은
따사로운 것도 있고 차가운 것도 있다
만날 때 두근두근 대던 가슴속같이
헤어질 때 속눈썹 적시던 이슬방울처럼

흉터

나무는 스스로 상처를 내 꽃을 피우고
여의고 나면 흉터를 남긴다
겨우내 그 꽃자리 잘 다스렸다가
이듬해 흉터는 간데없이 다시 꽃을 피운다
사람도 남의 흉 꼬집기 보다는
남의 흉 속엔 내 상처도 있기에
흉과 상처 잘 아물게 하면 알 수 있지 않을까
그 흉터가 인연이 된다는 걸
그 상처가 사랑이 된다는 걸

돌아올 길 없는 여행

하루 또 하루씩 길을 떠난다
차표 끊어 길 떠나는 그런 여행이 아니다
어제까지
어디까지 왔는지도 모른 채
가기 싫어도 오늘 새롭게 길을 떠난다
인생의 여행길
언뜻 제각각인 것 같지만
세상 사람들은 여행지가 같다는 것을 잊은 채
길을 각자가 만들면서 그 길로 떠난다
자기가 가고 있는 길이 인생의 여정旅程이라는 걸
잠시 놓은 채 떠나지만 여행이 끝나는 날
지나갔던 그 길로 돌아오지는 못 한다
다시 돌아오지 못하는 것이 인생길의 여행이다
제 갈 길 제가 만들며 흘러간 강물이
가고 말 듯이

해리와 모텔에서

밴댕이 소갈머리만큼 작은 모텔방
꽁꽁 언 몸집 녹여볼 요량인지
여닫이문 틈새 비집고 들어오는 동장군에
벌벌 떨면서도 부글부글 끓고 있는 건
내 소가지뿐인데
창문 밖 동동걸음치는 남여가
주고받는 다툼질이 잔돌되어
막 다투고 집 나와 살얼음 잡힌 내 가슴에
물수제비 뜨고 있다
톡톡 패이며 돋는 다툼질 생채기가 아파
내 훌쩍거리는 소리에
함께 쫓겨난 두살배기 말티즈
해리도 목청 높혀 컹컹 우짖는다
눈치가 있는 건지, 없는 건지
그나마 모텔방에서도 내쫓김 당하려고

영혼에 쓰는 비망의 글

비망備忘의 글을 썼어요
노트 쪽이 방울방울 젖어 보여줄 수 없어
내 영혼에다 다시 썼어요
그대도 네게 미처 못한 말 있을 텐데
잊기 전에 영혼에다 써 두어요
쓰다 보니 영혼도 축축이 젖어 드는군요
속살거리는 비가 내리거나
달빛이 말을 거는 한밤에는
영혼에라도 비망의 글 쓰려 하지 마오
그대 눈망울 흐려져 기억마저 더듬어 가며
밤새 괴로워할 것 아니겠소
서둘지 마오
세월은 놓치고 둘 사이에 남는 것이라곤
사랑 한줌, 눈물 한 방울뿐 아니겠소
그대 눈가 주름살과 흰 머리 보려
여기까지 온 건 아니었는데
우리 모습이 어느새 데데하게 변했지만

내 영혼 속에는 선아라 불리며
참 아름답던 그대 옛 모습만 남겨 두겠소
그대 영혼 속에 그려 둘
내 모습도 부디 잘 부탁하오

사람의 향기를 맡아본 적 있는지

저무는 햇살의 향기를 누구든 맡아볼 수 있듯이
사람의 향기를 맡아본 적 있는지
타오르는 노을 속 햇살의 향기는
바닷가에서 불어오는 바람에서도
양지바른 길섶에 핀 들꽃에서도 난다
저무는 햇살이 고루고루 나눠주고 간 것이다
다 나눔에서 나오는 향기다
출근하는 사람들이 흘리고 간
승강기에 밴 역겨운 오데 토일렛 향기가 아니다
사람의 향기는 이웃과
이웃이 더불어 살아갈 때 절로 나온다
그 향기는 반 지하방같이 낮은 데로도
달동네 꼬불꼬불 골목길까지도 퍼져나간다

허공

그만한 무덤도 없다
허공
내 맘속 무너진 모든 것 묻을 수 있기에

세상살이

꽃을 보면 보는 사람 몸에서도 향기가 난다
둥굴레를 보면 생각에 모가 없어지고
푸르러진 나무는 맘속에도 새잎이 돋게 한다
사물을 보는 것이
나름의 생각과 느낌에 따라 다 다르겠지만
그 다른 사람들이 더불어 살아야
꽃을 피게 하고 모난 것을 둥글리기도 한다
어울려 굴러가야 더 둥글둥글해 진다
둥글둥글 굴러가는 세상이 된다
애시당초 땀방울, 눈물방울 굴리며
달리기 시작한 것이 세상살이 아니던가
포장마차 소주잔에 남은 한 방울 참이슬까지
쓰디쓴 입 속으로 톡톡 털어넣으며

모정 慕情

눈물에 눈동자를 담가본 적 없으면서
사랑이었다고 말하지 마라
말도 없이 눈가를 적시던
엄마의 자잘한 정이 사랑이었던 것처럼
진정한 사랑의 속정은
흐르지 않고
눈가를 적시는 눈물이라는 것을
잔잔히 맴돌다 지는 눈물이라는 것을

동행

바래가는 잎새를 적시고 있는 이슬 한 방울
낙엽과 스러져가는 이슬
잎새도 이슬도
그 한순간이 애틋하지만
살아 있던 모든 것의 마지막 동행은 아름답다
사람도 그렇다

우리라는 이름으로

나무와 나무가 모이면 나무들이 아니다
일컬어 숲이라 부른다
사람과 사람이 모이면 사람들이 아니다
공동체의 삶을 지탱할 우리라 불려져야 한다
우거진 숲에는 희귀새, 희귀식물이 서식하게 되는 것처럼
우리라는 울 안에는 서로를 쓰다듬는
사랑과 나눔이 자리할 것이다
숲 속에 숨어 살아도 희귀새, 희귀식물은
언젠가 눈에 띠어 천연기념물이 될 수 있듯이
우리들 속에서 싹튼 온정과 배려는
어느 때에 가선 후대의 덕이 될 수 있어
한둔의 세태나마 한껏 벗어날 때까지라도
사람 사람들이 아닌 우리로 살아야 하는 까닭이다
훗날 덕이 쌓여 세상에 남겨질 수 있다면
사람 이름이 아닌 더불어 홍익弘益하던
우리라는 인간상像의 실루엣이 아닐는지

3부
그래도 사는 이유

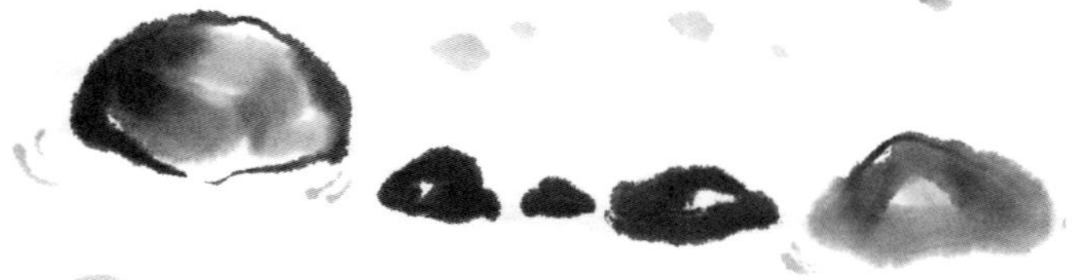

날개

새가 하늘을 나는 건
먹이를 구하려는 욕망의 힘으로 난다
욕망이 없었다면
아픔 속에 제 몸 일부를
날개로 진화 시키지는 못 했을 것
새들의 욕망은 먹이를 구하는 것이다
사람의 욕망은
가슴 찢는 듯 아파한 꿈을
언젠가는 비상飛上시켜야 하는 것이기에
새의 욕망과 사람의 꿈
둘에 필요한 건 쉼 없는 날갯짓일 뿐

무임승차

무임승차가 아니다
첫울음으로 인생의 여행길로 오를 때 맨주먹이라서
얼핏 무임승차로 보이지만
표값이 얼마인지도 모른 채 앙앙대며 길을 떠난다
여행이 끝난 날 가서야 그 표값은 계산이 나온다
단지 여행을 끝낸 자가 미처 셈을 치르지 못하고
떠나가 무임승차 꼴이 될 뿐이다
인생은 갈 때도 올 때처럼 빈손이어서
한평생 여행길이 짧았던 길었던
누구든지 들어간 만큼의 비용은 빚으로 남기고 간다
세상에 남겨두고 갈 갚아야 할 빚이 있기에
우리네 사람들이 가고 있는 인생길은
무임승차가 아니다

마음으로 들을 수 있는 소리

마루 벽에 걸려 있는 색 바랜 산수화
일상 같아 그 풍경이 눈에 들어오지 않는다
살아 오면서 알게 되었다
마음으로 소리를 들을 수 있어야 풍경이 보인다는 걸
꽃샘바람이 꽃망울 할퀴는 소리
한여름 뙤약볕이 곡식 익히는 소리
소슬바람에 사글사글 날리는 낙엽 소리
먼 외딴초가에 싸락눈 내리는 소리들은
마음으로만 들을 수 있는 소리라는 걸
눈 아닌 마음으로 풍경을 헤아릴 수 없다면
우거진 숲에서 숲의 숨소리 들을 수 없다면
아무리 좋은 풍경이라도
벽에 걸려 있는 풍경화에 지나지 않는다는 걸

이웃사촌

아파트 이웃집 살아도 본 둥 만 둥 지낸다
소통이 되지 않아 이웃사촌이 사라져 간다
일어나면 반갑게 꼬리 흔들어 주는 말티즈와
아침에 눈웃음으로 서로 나눈 냉수 한컵에
꽃 피워 주는 사랑초
반려동물과 꽃들이 이웃사촌 노릇을 한다
옛날엔 돌로 쌓은 담장도 소통이 드나들었다
지금은 돌담장 대신 마음의 담장이 가로 막고 있다
그 담장이 외려 돌담장보다 허물기 어렵다
겉으로는
허물며 살아야 한다고 입들을 모으고 있지만

꽃샘바람

냉기가 채 가시지 않은 바람 속으로
망울을 밀어올리는 매화나무
펴 보지도 못하고 얼어버린 망울들
사람들은 철모르는 나무는 나무라지 않고
애꿎은 바람한테만 덮어 씌운다 시새움 한다고
나도 어릴 적 생각나서 부아가 치민다
형과 다투기라도 하면 나부터 나무랐다
울 엄마는

칠삭둥이

꿈은 만드는 것이 아니여
만들 수만 있다면 벌써 서너 말은 만들었을 거여
꿈은 대장간에서 만든 엿장수 가위 같은 게 아니여
맴대로 되는 것이 아니란 말이여
니 형수 만삭이 되지 못해 애 못 낳는 거와 같은 것 이제
다만 그 꿈이란 놈은 뱃속에 키우는 것이 아니고
가슴속에다 키우는 것만 다를 뿐
꿈 속도 꽉 채워야 한다는 것이여
대학까지 나온 녀석이
그렇게 싸댕긴다고 입에 풀칠이 되는건 아니잖여
젊은 놈이 꿈을 키워내야제
남들은 그 속을 시쳇말로 스펙으로 팍팍 채운다매?
욕망도 사랑도 다 그 속에 있다고 믿는 거 아니것어
당진 사는 이종사촌 형 말에
동생이 혼잣소리로 중얼거린다 '형님이나 잘 하슈'
꿈은 커녕 그 나이에 조카 하나 생산 못한 형편에…
올 겨울 서울 온 형님이 묻는다

'일자리 어떻게 되긴 된 거여'
'진통이 없어 여직 못 낳고 있다니까요'
이왕에 예까지 온 거
맘속으론 칠삭둥이라도 바라보지만
겉으론 '꿈이란 놈은 나완 인연이 아닌가봐요'
뱉어내듯 말하는 동생은 왜 저리 콧물을 찔끔대는지

강태공처럼

기다리다 또 기다린다
지새우는 찌가 동동댈 때까지

낚싯줄에 치렁치렁 엮이는 건
땟국에 전 세월의 잔해뿐

잡으려 애쓰지 마라
가는 세월엔 발자국도 없더라
가슴 두근거리며 기다려야 한다

세상 살아간다는 건
기다리는 것이라 일러주더라
다 낚시질이 일러주더라

막차

막차를 놓쳤다고 조바심치지 마라
사랑의 역사는 막차가 엮어낸다
조금만조금만 하면서 보내버리는 막차
기적조차 울음을 감춘 채 내빼버리지만
막차가 남기고 간 숱한 사연의 사랑 중에서
하나라도 건져 본 사람들은
지금쯤 어느 곳에서
남겨두고 간 그 막차를 고마워하고 있을지
막차를 보낸 것을 후회하고 있을지
남이섬 춘천행 열차는 오늘도 달리는데

나장미

속세에서 한 사랑은 여기까지 라며
내 속을 뒤엎고 간 나장미羅長美
운문산으로 들어가 삭발한 후
뒤엎힌 내 속에서는 장미가 자라나더니
잊힐만하면 가시가 하나씩 돋아나
지금껏 아파 찔끔거리며 살아간다
가슴속에 박힌 가시는
어찌 그토록 오랜 세월이 흐르도록
타는 내 애간장만 먹고 사는 것인지

그림자

남녀 그림자 한 쌍
반포 한강 공원 서래섬 길을 걷고 있다
소곤소곤거리는가 싶더니
한 그림자 사라져 버렸다
짐작이라도 가듯 도근도근대는 내 소갈머리
아니나 다를까
잠시 후 톡 불거진 입술로 나타난 두 그림자
하나된 그림자가 한 짓을
양버들 가지 틈새로 살그미 훔쳐보다
발그레 달아오른 보름달도 짜릿했을까
나처럼

눈부처

그대는 나의 풍경으로
나는 그대의 풍경으로 살아온 세월
어느 틈에 나의 풍경엔 땅거미가 지는구려
그대의 풍경도 그 쯤 되었겠지요
나와 그대가 서로의 눈부처로 살아온 세월에
들러리들도 생겨나
얼룩덜룩 울긋불긋 보기는 썩 좋게 되었지만
무슨 소용에 닿겠는지
황혼길에는 눈보라가 덮쳐오니 말이오
둘 중 하나 먼저 한파에 떼밀려 가더라도
지나간 따습던 시절만 잘 갈무리해 두었다가
낯선 곳에서 만나거든 두 손 꼭 잡고
지난 시절 봄 풍경으로 새로이 삽시다
세월은 야속스레 우리 것 모두 앗아가도
나와 그대의 눈부처는 남겨질 것이니
그대 너무 서러워 마오

그래도 사는 이유

성남 모란시장 장날, 장터 기웃거리다
해거름 돼서야 발길 돌리는 노숙하는 차림새
한잔 술값도 없어 뵈는 게 남세스러운지
붉게 타는 노을빛 한줌 얻어
두 볼에 살짝 찍어 발라 볼그레한 얼굴로
김떡순네 포차 빈자리에 엉덩이 살짝 걸쳐 놓고
멀쩡한 운동화 끈 다시 질끈 동여매고 간다
취한 것처럼 헛 트림까지 해대며
두고 보란 듯이
'쨍 하고 해 뜰 날 돌아온단다'
트로트 노랫가락까지도 섧게 뽑아내면서

등대

등대가 제아무리 눈이 크다한들
그 눈에는 어둠만 보인다
날이 새도록 불을 밝히는 이유다
사람들의 눈은 아무리 밝아도
어둠을 밝히지 못한다
세상에 어둠이 이어지는 이유다
별장으로 가 가면을 쓰고 놀아야 하는지
아이들과 놀 집으로 가야 하는지
대명천지에도 길은 어두워 헤매고 있다
요즘 세상이 시끌벅적한 이유다
원주에서 몰래한 가면놀이 때문에

길

박힌 돌 없고 진흙탕도 없다
깔아논 아스팔트도 없는 길
그 길 알아채는데는 오랜 날이 걸렸다

그 길을 걷다 보면
어느 날은 입가로 미소가 번지고
어느 때는 눈언저리 촉촉이, 목이 메고
추억이 밴 계절엔 흩날리는 잎새마다
얼굴, 얼굴이 되어 다가오는 길

그 길을 알아채는데는
머리카락이 성깃성깃해질 때 쯤이었다

그 길은 홀로 걸어야 하는 길
그리움으로 가는 길이라는 걸

홍시

자식 일곱을 키워낸 울 엄마같이
홍시를 주렁주렁 매단 채 바싹 마른 감나무
그 감나무가 내 주는
보드라운 붉은 젖꼭지를 깨물고 있는 까치
붉고 말랑말랑하게 되기까지
이슬과 바람으로 배를 불리고
뜨건 햇살로 속을 태우며
달콤하게 만들어 놓은 먹거리를
홍시로, 까치밥으로 더불어 먹으며 살고 있다
감나무는 사람에게 사람은 까치에게

홍시를 쪼고 있는 까치를 보면
떠오른다 내가 물어 아파하던 엄마 젖꼭지가

착각

83

가는 건 세월이 아니다
사람이 가고 있는데
세월이 간다고 탓한다
세월은 계절 따라 오가며 머무르지만
떠나가는 건 사람일 뿐
하루하루 떼어내 버리는 일력의 숫자판 따라
돌아오지 못할 길 가고만 있는데
사람들은

잎새를 태우는 나무

마지막 편지
막차
이별여행이란 게 없었으면
가을철 떠오르는 추억 몇이나 될까
반짝했던 만남보다
애를 태우던 아슴푸레한 이별이
오래 남아 더한 추억이 된다
사람뿐만이 아니다
잎새도 가을철이면 누렇고 벌겋게 탄다
갈바람 우는 소리에 설레다가
그 바람 따라나설 잎새와의 이별이 서러워
나무도 애를 태우다
그토록 잎새마저 태워 버리는 것일까

종로3가역

서산 마루 해 뉘엿거릴 쯤 종로3가역
전동차로 재빨리 오른다
해바라기 끝나 종묘宗廟를 뜨는 사람들
이젠 눈에 익어 '노약자 보호석'이라는
둥지 문패는 돋보기가 없어도 뵈는 듯싶다
술렁대던 사람 물결만치나
흔들거리며 분주히 달리는데도
아무도 눈길 주지않는 둥지가 꽤 포근한지
얼마 가지 않아 조용 잠잠 한밤이 된다
언젠가는 나도
누구누구도 가야만 하는 늘그막 행로
지하철 둥지 속에서 더 평온한 것 같은
저물어 가는 저 어르신네들처럼

조약돌

징검다리 오갈 때 귓전을 간지르는
졸졸졸졸 졸졸졸졸
조약돌이 되려는 울퉁불퉁한 돌들이
지난 세월만큼이나 아파하는 소리
흘러가는 냇물은 바이올린 활처럼
제 멋에 겨워 돌멩이를 문질러대지만
졸졸거리는 소리는 짝사랑 상처만큼
슬피 남아 징검돌 밑을 맴돌고 있다
징검다리에서 발 담그고 부르던
철도 안든 사랑 노래는
조약돌의 아픔도 모른 채 흘러갔지만
때로는 울퉁불퉁 부딪쳐
쓰리고 아픈 세월도 겪으며 살아온
우리네는 어느 즈음에 가서나
둥글둥글해지려는지
아프게 닳고 닳아 점점 작아지더라도
더 둥그스럼해지려는 조약돌처럼

삶

그리움이 없고 기다림이 없다면
그건 삶이 아니다
삶은 사람에 따라 제각각이지만
누구에게든 삶을 이겨내는 건 다 같다
그리움이고 기다림이다
그리움과 기다림으로
하루하루 채우며 사는 것이 삶이다
채워야 할 내용과 크기만 다를 뿐
평생을 그렇게 사는 것이 삶이다

너에게로 가려고

복사나무 그늘에서 잠이 들었다
꿈꾸다 얼굴 간질거려 깨어보니
바람에 날린 복사꽃 이파리 하나
꿈길로 달음박질해 가 본 너는
햇사레 복숭아처럼
볼이 빨갛게 수줍어하고 있었다
어릴 적 한여름 어둑어둑 해 질 무렵
네 집 지나다 뒷문 틈새로 훔쳐본 너는
벌거벗은 채 물 퍼부으며
부끄러워하는 듯 보였는데
생시나 꿈에서나 수줍은 모양으로
내 맘 어지럽히는 너
내일도 복사나무 그늘에서 잠들어보면
또 그 시절 너에게로 갈 수 있을는지

세레나데

보랏빛 향기를 대롱대롱 매달고
돌담 밖으로 삐죽 내민 라일락 나뭇가지
살강살강 흔들어 준다
사르르 날아간 향기가 세레나데인 듯
창틈을 비집고 내미는 그녀의 얼굴
바깥 바람 맛이 궁금해
다문 조가비가 내미는 하얀 속살 같았다
이듬해 또 이듬해 봄을 기다리면서 알았다
그 짓이 짝사랑이었다는 걸

달빛처럼

거실 안으로 한 발짝 들여놓은 발그레한 달빛
어느새 초대 받은 손님같이 소파에 걸터앉아
내 멀어져간 아렴풋한 그리움을 훑어내
마룻바닥 반이 차도록 늘어놓았다
늦은 밤 헛기침 소리도 없이 찾아든 달빛이
내 맘속마저 출출하게 만드는 날에는
나도 느닷없는 달빛처럼 머뭇거림도 없이
쑥스러운 얼굴 두 뺨엔
막 달아오른 달빛이 볼그름히 밴 채 풀쑥 가서
그리도 보고 싶던 내 임 모습 볼 수 있었으면

나더러 이별이라 말을 하지만

나더러 이별이라 말을 하지만
난 이별이라 하지 않겠어
네가 두고 갈 그리움이 있잖아
살아보다가
그리움마저 가물거리는 날
눈 감아야 네가 보일 때
난 말없이 이별을 생각해 보겠어
더 살아보다가
네 맘 정녕 돌아서지 않는 날
내 눈물이 널 가릴 때
난 말없이 서서히 멀어져 가겠어

벌써 잊은 줄 알았는데

둘 사이 오가던 따사로운 눈빛 대신
밤이슬 닮은 찬 별빛만 쏟아져 내리고
치미는 추억의 조각조각들
거리 가득 넘쳐나 눈시울이 뜨겁다
널 마지막으로 본 찻집
'비를 기다리는 달팽이'를 찾아
골목길 오르는 빈 발자국마다
흘러들어 고이는 오래된 그리움
멀어져 가던 긴 머리 네 뒷모습까지도
아슴푸레한 기억 속을 맴돌 줄이야

벌써 다 잊혀진 줄 알았는데
너는

초련初戀

화음花陰이 깊어진 날 밤
엎치락뒤치락거리다 뜬눈으로 지새우는 건
숨 멎을것같이 짜르르 찾아드는 첫사랑이
아무에도 들키지 않은 내 속마음 훔쳐보려
새치부리는 초승달처럼
채 영글지도 않은 이 작은 가슴을
밤새껏 두드리고 있기 때문은 아닐는지

아옹다옹

아옹다옹 살다보니
그대와 내가
처음 만났을 때
나누어 가졌던 마음初心을 찾는 것이
오래도록 긴 방황이 될 줄이야
반쪽과 반쪽을 하나로 묶어
아우러지는 것이
평생토록 힘이 들 줄이야

그 날처럼 눈이 내리네

두근두근거린다
한번도 눈빛 마주친 적 없지만
내 가슴
어찌 그리 뜨거우며 두근대는지
그 사람은 모른다
내 가슴속에 그 사람 숨겨 두었다는 걸
내가 지어 불러오던 그대라는 이름까지도
그 사람은 모른다
저만치 가는 기억 속 맴돌다
잊혀질 사랑이란 걸 알면서도
그 겨울의
경포대 바닷가 모래밭을 서성이다가
눈동자에 담아 놓은
그 사람 모습 떠 올리지만
곁에 머무는 건 내 그림자뿐

오늘도 그 날처럼 눈이 내리네

풋사랑

숨막히도록 가슴팍 파고들던 사랑
겨우 눈 뜰 찰나엔 가고 없었다
날 밝으면 사그라지는
뜨건 눈빛으로 지새우던 밤하늘 별같이
손만 닿아도 허물어지는 솜사탕처럼
풋사랑은 그리도 쉽사리 가고 마는 것인지
옛날 동네방네 돌아들던 방물장수 같아
올 때는 그토록 구비구비 돌아오더니
달궈진 도근도근 내 맘은 어떡하라고

낙엽비 맞으며

어찌하여 그대는 보이지 않나요
기다림에 지쳐 목만 길어진
가녀린 사랑초꽃이 그대인가요
추억이 애달파
쉬이 찾아오라 천둥소리 일구며
곧추 선 편백나무가 그대인가요
그대는 어찌하여 보이지 않나요
거닐던 들길에는 헤지던 날처럼
낙엽비 날리는데
저녁해 내려앉은 들녘을 서성대는
내 아픔 어루만지는 갈바람이
산산한 그 바람이 그대였으면
또르르 구르는 가랑잎의 노래가
날 부르는 그대 목소리였으면

수틀과 천, 바늘 하나로

언제부터 수繡를 놓기 시작한 것인지, 뜰에서 채송화
금잔화가 필 때쯤 엄마의 손끝에서도 피어나는 꽃을
보았다 피워낸 꽃은 식구들 밥상보床褓가 되었고 바
람벽 못에 얽혀있는 뱀이 벗은 허물 같은 낡은 옷도
감싸주었다
장롱欌籠 위 이불보에는 조랑조랑 매달린 포도송이가
탐스러웠다
앞치마 주머니엔 막 터질 것같은 석류도 하나
수틀과 천, 바늘 하나로 속내평을 그려내던 울 엄마는
내 눈 안팎을 들락거리는 마술사였다
꽃 한 송이 포도 한 송이 수 놓으며 그 속에 담아둔
엄마의 바람과 소원은 무엇이었을까
지금 어림쳐 본다면 쌓아 올리다 만 돌탑 같았던
엄마의 간절한 마음은 자신을 담금질한 인고의 세월에
남겨놓은 자식 위한 절실한 기도였다는 것을

가마미 해수욕장

잊히지 않으려는 기억 속으로
넓게 자리잡은 가마미 해변에
실낱같이 매달려 출렁이는 추억의 잔상들
하루하루 노루 꼬리만치 멀어져 간다
피서객에 뒤섞여 아른대는 그대 환영幻影과
모래밭 걷고 걷던 내 발자국만 남겨논 채
솔나무 틈새로 땅거미는 내려앉고
어둠이 깔리자 살그니 뛰어들어
한껏 해수욕한 거의 다 자란 달은
쪽빛으로 말갛게 물들어
갓 맺은 풋사랑도 더러 오가는 바닷가를
새도록 지켜볼 셈인지
파도 들랑대는 밤바다에 등대인 듯 떠 있다

그대 그리고 나

창밖엔 그 때처럼 밤눈이 내리고 있네요
둘 사이가 한창 여물어 갈 쯤
명동 진고갯길 걸으며 듣던
성당 종소리도 추억하며 떠올려 봐요
아직까지 우리 사랑은 숨쉬고 있는거지요
함박꽃만한 눈송이를 뜨건 숨결로 녹이며
내 손을 꼭 쥔 채
그대도 나처럼 맘속으로 빌지 않았었나요
첫 만남이자 마지막 만남의 인연이길
어쩌다 둘 중 하나 곁을 뜬다 하더라도
그대 그리고 나
체온으로 곰삭은 나날들 잊을 수 있을까요
실안개 속을 더듬 듯 방황할 남은 날들은
눈물 없이 보낼 수 있을까요
나 그리고 그대가

추억을 날라 주는 회사 2424

대문도 없는 소꿉놀이 집 지키며
유난스레 꼬리 흔들어주던 개똥이
새빨간 벽돌쪽 곱게 빻아 고춧가루 만들고
꽃밭 풀 뜯어다 김치 담궈, 맛깔스레
상 차려내며 각시 노릇하던 정라진 정아
한뎃방 천장이 돼 주던 할매 감나무
날 저물어 어둑어둑해지면 그 가지에 매달려
초롱불이라 불리던 붉고 큰 홍시 하나
둘이 덮고 자던 가마때기 이부자리와
소꿉질 하던 세간살이마저도
추억이라고 수繡놓인 그리움에 몽땅 싸
날라 줄 이삿짐 운송회사는 없는 것인지
멀어져간 세월만큼
그만치 더 다가오는 그리운 내 유년 시절
생생하게 느껴볼 수 있도록

눈을 살짝 감으면 떠오른다 그때가
그 모습들이

그 곳에 가고 싶다

흐린 하늘에 안개비라도 내리는 날
커피 한잔 생각날 때면
추억 속으로 성큼 다가와 있는 너
마음 졸이며 누군가를 기다리고
만나고 헤어지던 대학로 플랫폼
'카페 자마이카'
실바람인 듯 퍼지는 에스프레소 향기
귀엣말로 오가던 속삭임들 가득하고
오월의 찔레 닮은 순백한 사랑을
보글보글 익혀주던 그 커피집에서
혼자라도 좋다
그리움이 녹아 있는 차 한잔이라면

주마등走馬燈

다시 올 자연 속 가을은 무얼 그리 많이 남겨
갈무리까지 하는데
가면 오지 못할 일생의 가을은
주마등처럼 스쳐가 추슬러 봐도 남을 것 없다
눈 감으면 생의 고비고비를 이어주던
어리던 것들의 재롱
삶의 고난을 어루만져주던 아내의 눈길
영원이고 싶었던 미처 영글지 못한 내 꿈마저도
북새풍에 쫓기는 철새따라 가버린 듯
어느새 세월 속 저 편에 떠밀려 가 있다